ÈVE et ADAM

La légende revisitée

Suivie de

La Culture Lettone

Est l'Avenir de l'Homme

.

Auteur

Jean AMBLARD

Paysan du Gers en Lettonie

Plaidoyer pour la Réintroduction de l'Homme
dans la Nature

Toute ma vie j'ai cru en la force du souhait.
Ce que l'on écrit finit par devenir vrai !
(Colette 1873-1954)

1. ADAM, le s'en va-t-en guerre
ou ÈVE la douce ?

Il était une fois, il y a environ 6023 ans et demi selon mes écritures, notre Créateur persévérant tentait une énième expérience pour ne pas rester une fois de plus sur un échec. Depuis la Nuit des Temps il avait essayé en toute bonne foi de nous proposer des nouvelles civilisations. Mais, d'une façon ou d'une autre, toutes partaient à la dérive au bout de quelques millénaires : Soit notre Créateur mécontent décidait de faire place nette d'un petit coup de pandémie, de déluge ou tsunami, de mouvements de plaques tectoniques, d'éruptions volcaniques ou de projections d'astéroïdes, soit elles s'autodétruisaient d'elles-mêmes. Pourquoi d'elles-mêmes ??? Certainement en testant une nouvelle invention toxique pour essayer de se prouver que l'intelligence humaine est supérieure aux "Lois de la Vie ?"

Pourtant, certaines civilisations avaient été bien plus avancées que la nôtre ! Nous retrouvons un peu partout sur Terre et sous les Océans, quelquefois dans des alignements de milliers de km, des artefacts inimaginables, incroyables, irréalisables même à notre époque, si bien que notre suffisance d'Êtres Supérieurs se réfugie dans le déni, prétextant quelquefois même des activités extra-terrestres. Notre "Civilisation Adam" serait la première, la seule, l'unique et la meilleure ! C'est écrit partout !

N'ayant pas encore d'informations fiables de la part des ufologues ou des astronomes concernant la vie sur les autres planètes, penchons-nous sur l'état de la nôtre, "La Civilisation d'Adam le guerroyant". Dite moderne, elle semble pourtant s'essouffler comme les précédentes. Encore ? Mais pourquoi donc ? C'est ce que nous allons essayer de comprendre.

Une fois la cause du mal établie, nous essaierons de suivre le fil d'une prospective postmoderniste réaliste, voire optimiste, qui pourrait nous sauver du trépas, en reprenant tout à zéro, s'il n'est pas trop tard, bien entendu…

Il y a 6023 ans et demi, tout avait été pensé pour que cette fois-ci la Vie sur Terre reparte enfin d'un bon pied ! Parmi les nuées d'âmes, telles des ondes se baladant dans le Cosmos, sans compter les âmes réincarnées sur une planète ou l'autre, notre Créateur trouva facilement à s'entourer d'une équipe professionnelle au top. Le plan était le suivant :

Il fallait tout d'abord recréer un environnement propice au retour de l'Humanité qui avait encore une fois disparu, entraînant le chaos avec elle. Mais avant de la lâcher dans la Nature redevenue vierge, un espace de qualité lui serait dédié pour une bonne intégration. Un Éden luxuriant serait implanté sur Terre dans une région au climat paradisiaque. Elle pourrait y jouir d'une vie paisible. Donc il fallut attendre quelques siècles de plus pour que tout se remette naturellement en place : l'air et l'eau, sources de vie, redevenus purs, la terre redevenue fertile, les forêts, arbres fruitiers, prairies fleuries et toute une diversité de végétaux et d'animaux rétablie. Une météo clémente lui permettrait sans pudeur de vivre le naturisme à sa guise. Comme d'habitude, au centre de ce Paradis Terrestre, paraderaient deux arbres fruitiers : "L'Arbre de la Connaissance du bien et du mal" et "l'Arbre de Vie".

Une fois cet environnement propice installé, un nouvel Adam en terre glaise fut proposé par le sculpteur attitré. Le Créateur l'agréa et le transforma en bel Adonis. Tout semblait idéalement recréé…Sauf que…

Le nouvel Adam avait été lâché seul dans cet Eden. Personne des Intelligences Supérieures n'avait pensé que pour générer une nouvelle Civilisation, une femme aurait été précieuse ! Quelle étourderie de la part de ces Élites plus philosophes qu'ingénieuses ! Qu'à cela ne tienne, notre Créateur bienveillant rattrapa l'omission de son staff en installant une table d'opération sous "l'Arbre de Vie". Il retira une côte à Adam profondément endormi. On ne dit pas si un ange anesthésiste participa et si la cicatrisation fut rapide ! Logiquement, à ce stade de la Création, la souffrance et les maladies nosocomiales n'existaient pas encore.

Comme par enchantement, cette côte se transforma en une Vénus resplendissante à qui l'on donna le joli nom d'Ève. Cependant, cette innocente créature commençait mal sa vie sur Terre. Elle se trouvait en position d'infériorité par rapport à l'homme mâle prédateur. Mais peut-être n'était-ce qu'une simple impression ?

Pour connaître la vérité de notre histoire, immisçons-nous dans la vie de ce nouveau couple et regardons-le évoluer durant les quelques jours de vie commune auxquels il eut droit au Paradis.

Photo : Présence de l'auteur lors de la présentation des animaux du Paradis au théâtre des Marionnettes, à la Maison des Têtes Noires de Rīga, capitale de la Lettonie.

En effet, à l'origine, "Ève et Adam" a été écrit pour le théâtre Modus de Rīga.

2. "ADAM et ÈVE"

ou notre actuelle Civilisation moderniste

Une petite musique douce annonça l'aube du sixième jour et le soleil radieux apparut au-dessus de la forêt. C'était un énième réveil de la Vie sur Terre. Tous les oiseaux chantaient et les grenouilles coassaient gaiement. Notre couple, en se réveillant après une nuit d'amour sous "l'Arbre de Vie", partit en quête du petit déjeuner. Il y avait tant de choix, mais Adam fut immédiatement attiré par les magnifiques fruits du pommier de "la Connaissance du bien et du mal".

— Non, Non ! mon Adam chéri, pas le fruit défendu ! Rappelle-toi les consignes sévères que nous avons reçues du Créateur à ce sujet !

Sur les branches de l'arbre se pavanait un diable de serpent aux yeux hypnotiseurs et ses slogans publicitaires : "Bonne pomme, belles dents !", "Tant que vous avez des dents, mangez des pommes !", "La pomme au moins une fois par jour !" Ou encore : "Mangez cinq fruits par jour !". Bref, Adam se laissa influencer tel un consommateur lambda. Et puis, il n'était pas question de s'abaisser à prendre au sérieux les conseils d'une femme ! Il ne manquerait plus que ça !

— Ève ma douce, tu auras l'honneur de croquer la plus belle pomme rouge du Paradis ! Je te l'offre !

— Mais non, mon Adam chéri ! tu sais bien qu'il est strictement interdit de cueillir un seul fruit de cet arbre ! Il y a tant de choix au Paradis, allons plus loin !

— Comment ? Qui est le chef ici ? Prend cette belle pomme que j'ai spécialement cueillie pour toi !

Et Ève, en connaissance de cause, mais sous le joug de son mari, fut obligée de croquer la plus belle pomme rouge du Paradis. Certes elle était délicieuse mais très vite le ciel changea. Un nuage noir cacha le soleil printanier, des éclairs illuminèrent le ciel, un orage diluvien éclata…

Attirée par le parfum du fruit défendu entamé, une myriade de mouches, de moustiques, de taons, de guêpes et même de frelons asiatiques harcelèrent nos amoureux abrités sous un arbre. Ce diable de serpent se trouvait encore dans les parages ! On dit qu'il était femelle et avait été une des épouses d'Adam dans une autre vie. Adam le guerrier lui souffla un mot au creux de l'oreille. Le serpent s'absenta un instant et revint avec un vaporisateur. Il sulfata les insectes qui furent immédiatement anéantis. Tout semblait redevenu paisible, le mal semblait miraculeusement vaincu. Mais tout autour, les animaux de la Création commençaient à tousser, certains végétaux se laissaient aller, des arbres perdaient leurs feuilles et nos Humains découvraient les céphalées. Le paracétamol n'avait pourtant pas encore lieu d'exister à ce stade de la Création…

Adam remarqua que le long des sentiers, l'orage avait fait éclore des plantes inconnues jusqu'alors. Elles étaient urticantes ou munies de piquants. Il était devenu périlleux de marcher pieds nus. Les chaussures n'avaient pourtant pas lieu d'exister à ce stade de la Création ! Il parla au creux de l'oreille du serpent qui reprit son vaporisateur et anéantit miraculeusement ces mauvaises herbes. Mais les grenouilles, les poissons de l'étang et du ruisseau, les libellules et les milliards d'autres petits animaux des alentours se mirent à tousser si fort qu'ils en moururent.

Ève était pétrifiée par tant de violence gratuite :

— Pourquoi tant d'acharnement alors qu'il était bien convenu que nous ne toucherions pas aux fruits de "l'Arbre de la Connaissance" ! Nous étions si bien ici, tout est gâché ! soupira-t-elle en silence pour ne pas éveiller le courroux de son époux.

Elle se devait d'être soumise, c'était dans l'ordre des choses de l'époque et sa parole ne fut pas entendue.

Ainsi, ce fameux Paradis ne dura qu'un laps de temps et ils durent s'enfuir sous les tornades et les ouragans. Ils furent obligés de se vêtir d'une peau et se réfugier dans une grotte froide et insalubre en se nourrissant tant bien que mal à la sueur de leur front. Tout s'agita rapidement, les animaux survivants étaient devenus sauvages ou agressifs. Même l'air et l'eau étaient empoisonnés. Toute la biodiversité disparaissait, rendant progressivement le climat invivable sur la Terre comme dans les Océans.

Sous les ouragans incessants, la chaleur devint de plus en plus torride. Les volcans étaient révoltés, la Terre énervée tremblait de colère et les Mers se déchaînaient! Adam et Ève passaient leurs journées en quête de nourriture. Apeurés, maladifs, affamés et déshydratés, ils rejoignirent leur sombre refuge. Là, le serpent "Antéchrist" les attendait. Et sans pitié, d'un coup de vaporisateur, il les anéantit tous les deux ainsi que le peu de vie qui restait sur Terre et dans les Océans.

Encore raté ! pensa le Créateur, sans pour autant se décourager. Il réunit une fois de plus son staff. L'âme d'Aimé l'Occitan de Sabaillan, le petit nouveau qui jusqu'alors n'avait pas osé s'exprimer, sortit timidement du rang et proposa :

—   Sauf votre respect mon Créateur, ne vous est-il jamais venu à l'idée qu'une femme pourrait être la solution à nos maux incessants ? Tous les Adams des civilisations précédentes ont à chaque fois scié la branche sur laquelle ils étaient assis en écrasant leurs descendants innocents. Lors de ma dernière incarnation sur Terre, j'avais eu l'occasion d'écouter la chorale immense des païennes impies de Rīga. Elle chantait les louanges de l'intelligence de la Femme Lettone des Forêts.

N'ayant plus d'alternative, tous les Honorables Sages barbus daignèrent quitter des yeux leurs manuscrits jaunis et se rabaisser à écouter ce cantique si humiliant pour leurs egos machistes…

— Finalement, pourquoi pas l'intelligence féminine au lieu des muscles dominants ? se résignèrent-ils. Pourquoi pas Ève au lieu d'Adam ?

3. "La Civilisation ÈVE"

ou la postmodernité

Il était une fois au XXIIème siècle de notre ère, soit environ 6523 ans et demi après une énième expérience ratée, notre persévérant Créateur fit une nouvelle tentative pour ne pas rester une fois de plus sur un échec. Depuis la Nuit des Temps, puisque nous vivons "Ad Vitam Æternam", il avait essayé en toute bonne foi de nous proposer, sans variantes, des civilisations masculines. Mais au bout de quelques millénaires, dans l'arène de la modernité, tous ces gladiateurs "Homo Modernicus" s'entretuaient en chantant : "Ave modernus, morituri te salutant ! " Ave modernisme, ceux qui vont mourir pour toi, te saluent !

—   Mais au fait ? s'interrogea notre Créateur bien-aimé. Qui avait décidé que ce devait être les muscles dominants ? Mon staff ne serait-il pas un peu macho sur les bords ? Ne pourrait-il pas y avoir plus d'harmonie entre les deux sexes ? Tentons l'expérience proposée par Aimé l'Occitan, cette modeste âme paysanne. Reprenons tout à zéro une fois de plus. Quelques siècles passèrent pour remettre la Nature en ordre.

Une petite musique douce annonça l'aube du sixième jour et le soleil radieux apparut au-dessus de la forêt. C'était le réveil progressif de la nouvelle Vie sur Terre. Tous les oiseaux chantaient et les grenouilles coassaient gaiement. Notre couple uni se réveilla après une nuit d'amour sous "L'Arbre de Vie". Ève pensa que le temps était venu de partir en quête de quelques frugalités en guise de petit déjeuner.

Devenue Reine des Forêts et des Clairières, elle était vêtue d'un rien, juste une couronne de marguerite. Pendant que le Roi Adam flemmardait en sifflotant, elle lui confectionna une couronne de feuilles de chêne. D'où la tradition encore perpétuée de nos jours en Lettonie, la nuit du 23 juin autour du grand feu de Līgo pour fêter le solstice d'été.

— Mon Adam chéri, repose-toi, je m'occupe du petit-déjeuner ! Je vois que ce diable de serpent est encore installé sur "l'Arbre de la Connaissance du bien et du mal". Il nous fait des clins d'œil. Méfie-toi en mon absence ! Chercherait-il de nouveau à nous empoisonner la vie ? Mais cette fois-ci, nous ne nous laisserons pas allécher par son marketing mensonger qui fit périr la "Civilisation Adam" ! Il y a tant de bonnes choses dans l'Eden bio que notre Créateur nous a concocté avec amour, sans avoir à toucher à l'interdit!

Elle le quitta et partit à la cueillette du petit-déjeuner. Au bout de quelques minutes, elle revint les bras chargés de beaux fruits mûrs à point : bananes, abricots, poires, oranges, kiwis…Un régal gorgé de vitamines !

Mais profitant de l'absence d'Ève, le serpent s'était rapproché d'Adam, essayant à nouveau de le manipuler. Prenant conscience de ce qui se préparait, Ève, dans une rare violence, attrapa ce diable de serpent par la queue et en le faisant tourbillonner, lui fracassa le crâne contre le tronc de "l'Arbre de La Connaissance du bien et du mal". Il fut immédiatement transformé en bâton de randonnée pédestre.

Adam, terrorisé par cet événement si soudain, se mit à paniquer, n'ayant jamais bien su distinguer le bien du mal, tant son orgueil l'aveuglait. Ève le rassura, l'attira contre son cœur et l'embrassa tendrement. Elle a été la plus forte ! Par ce geste elle a prouvé, comme le chante la chorale lettone depuis des millénaires, que la femme protectrice de la Vie est moins influençable et plus apte à diriger que la violence des muscles dominateurs.

Depuis, leur couple vit en parfaite harmonie et du coup, intégré dans la Nature que notre Créateur avait mis à leur disposition avec amour, ils préservèrent le bonheur à toute leur descendance "Ad Vitam Æternam", en évitant les nombreuses tentations qu'ils avaient appris à repérer et surtout à éviter.

Et comme dans la finale d'un dessin animé de Walt Disney, toute la Création vint entourer le couple dans une ambiance si réconfortante qu'Adam, se sachant influençable, irritable, guerrier et maladroit, ne se sentit plus obligé de gouverner seul. Ève vigilante était bien là pour se battre avec lui contre le mal partout présent.

Ils furent heureux et ils eurent beaucoup d'enfants. Et il en fallut beaucoup pour repeupler la Terre entière devenue le Paradis terrestre tant espéré ! Pas un de leurs descendants ne fut baptisé Caïn.

Et le septième jour, notre Créateur soulagé, put enfin se reposer sur son nuage…

La prestigieuse "Maison des Têtes Noires" de Rīga où se trouve le théâtre des marionnettes Modus et diverses salles de spectacle ou expositions. A l'entrée, l'Office de Tourisme de la capitale.

4. "La Culture Lettone
est l'avenir de l'Homme"

J'ai envie de vous faire partager mon amour (amour que j'ai traduit à ma manière, bien entendu) pour la Culture Lettone telle que je la perçois pour y avoir vécu ces vingt dernières années. Mes amies Lettones et mes amis Lettons savent bien que si je me permets de plaisanter à leurs dépends, c'est parce que je les aime bien. L'histoire de la Livonie, devenue Lettonie en 1918, rarement heureuse très longtemps, les a rendus sensibles lorsqu'on aborde le sujet de leur identité fragilisée par l'arrogance des colons successifs qui s'érigeaient depuis des millénaires en donneurs de leçons.

Pourquoi Laima m'as-tu choisi
Un chemin de vie aussi raboteux ?
Est-ce que tu ne pouvais pas
M'asseoir sur un siège de seigneur ?

Si Laima a fixé ma vie,
Elle ne m'a pas fixée une bonne vie.
Quand je cours, j'essuie ma sueur,
Quand je m'arrête, mes larmes.

Moi seule obéissais en chantant
Aux ordres de maîtres cruels,
Car j'étanchais ainsi mes larmes
Avec une petite chanson.

Personne ne m'a vue
Pleurer amèrement,
Mais ma manche, elle, m'a vue
Essuyer mes larmes.

Laïma est la déesse du destin. Extrait des Daïnas (petits poèmes venus de la Nuit des Temps et transmis de mère en fille) traduits du letton par Nadine Vitols Dixon.

Bien que j'aime ma Culture Latine dont l'Occitanie est encore bien imprégnée, je me rends bien compte que la Culture Lettone matriarcale a aussi quelque chose d'essentiel à nous faire partager.

Les Lettones des forêts qui connaissent mes origines sont toujours un peu méfiantes car elles savent bien que je viens de ce monde occidental artificiel en péril. Elles ne voudraient pas que je sois porteur du virus de la croissance qui est entrain décimer une grande partie de notre planète. Elles ont sans doute raison et c'est à moi de faire l'effort d'entrer peu à peu en confiance pour leur prouver ma bonne foi car je leur voue une véritable admiration. Pour cela, je dois bien exprimer leurs différences : Comment fonctionne leur organisation sociale, leur Culture, leur cerveau et leurs anticorps. Les étrangers qui souhaiteraient découvrir la Lettonie des forêts doivent faire preuve d'humilité, de respect et de tolérance. Ces vertus qui se perdent chez nous, sont essentielles pour s'intégrer dans toutes Nobles Cultures.

Je veux rendre hommage à ce peuple matriarcal, il a tant de choses vitales à réapprendre à notre Civilisation moderne en perte de repères. Les femmes lettones sont un des éléments indissociables de l'harmonie qui permet la vie sur terre. Filles de "Mamma Daba"(Mère Nature), elles font partie de cet organisme vivant au même titre que l'air, l'eau, la terre, le feu, le règne végétal ou animal. Mamma Daba est un organisme complexe qui, comme chacun le sait, doit en permanence veiller à préserver son fragile équilibre au risque d'une rupture comme cela est entrain de se produire dans les pays civilisés par le fric et qui polluent les autres sans défense avec leur inutile et néfaste "Toujours plus".

Les Lettones des forêts font partie de ces rares peuplades primitives européennes qui ont su résister durant plus d'un millénaire à toute une succession de colonialismes féodaux. Cela ne fit que renforcer leur esprit identitaire et elles sont passées, non sans souffrance, à travers les âges portant à bout de bras leur culture, leur langue, leurs dialectes, leurs chants, leur poésie, leur sens artistique et leurs coutumes étroitement liées à la Nature : De l'héroïsme ! Et pourtant elles ne représentent plus que 75 % de la population du pays, soit environ un million et demi d'âmes, y compris mâles et rejetons, les autres résidents, rarement intégrés, provenant des séquelles d'invasions.

La peuplade est elle-même divisée en deux groupes, les Lettones de Rīga et les Lettones des forêts. Les premières étant plus faciles d'approche, nous étudierons celles des forêts, moins évidentes à cerner. Mais l'aventure me plait, étant moi-même issu du milieu Paysan et de plus, je ne trouve aucun intérêt à observer des sociétés citadines artificielles et provisoires...

Les éternelles et incontournables lois de la nature furent décryptées durant des millénaires et transmisses oralement de mères en filles à travers les poèmes Dainas (Daïnas). Les Lettones des forêts ont amené jusqu'à nous des évidences que les Occidentaux ont reniées puis oubliées ces derniers siècles, entrant peu à peu dans la dépendance de la société décadente du pillage et du gaspillage. Mais que peut bien signifier le message des Dainas pour un ignare consommateur occidental ? En nous plaçant directement dans le contexte, ces poèmes courts nous entraînent dès les premières rimes dans les profondeurs de "Mamma Daba" avec l'aide de "Saule", La Soleil, divinité féminine centrale toujours présente dans la Culture lettone, surtout lorsqu'il fait beau.

Les Lettones des forêts : Vivant sous de petites maisons de bois dans les clairières des grandes forêts, elles aiment le grand air pur et frais. Grâce à cela, comme les sapins du Nord, leurs traits sont si fins et leurs mines resplendissantes ! Lorsque vous pénétrerez pour la première fois dans la forêt lettone pour y venir en formation, car c'est là que se trouvent les savoirs qui vont nous réapprendre à vivre, vous serez étonnés au bon sens du terme de constater que tout fonctionne grâce aux femmes, naturellement et sans quota ! C'est hallucinant pour les gens du Sud et les Occidentaux machos.

Cette peuplade féminine est très bien structurée. Elle vit de cueillette, elle n'a pas peur des disettes parce qu'elle connaît très bien Mère-Nature, la respecte, la vénère même, acceptant ses cadeaux et en contrepartie protégeant ses secrets. Elle sait qu'elle n'a rien à attendre des hommes. Sa subsistance elle la doit à son courage, sa persévérance et sa connaissance approfondie de tous les éléments qui l'entourent. Selon les saisons, les Lettones des forêts trouvent leur nourriture composée de baies sauvages qui leur permettent de diversifier et vitaminer l'alimentation quelquefois industrielle aux normes (douteuses puisque occidentales !) des jours ordinaires. "Tout ce qui est naturel est bon pour la santé !" chantent-elles souvent pour remercier "Mère Nature".

Le Letton des forêts : On le rencontre souvent un bouquet de fleur à la main. Il sait à qui il doit sa chance de vivre dans cet univers ! Il sert peu en dehors des exploitations forestières, des matchs de hockey sur glace ou de basket. Accessoirement, il va se rendre utile très brièvement durant Līgo, le solstice d'été, pour assurer la descendance. Sa femelle pourrait tout comme la mante religieuse le dévorer ensuite, cela ne changerait pas grand-chose dans l'organisation sociale.

En général, les Lettones des forêts sont bien éduquées par leurs mères et grands-mères dès leur plus jeune âge. En chantant, elles doivent assurer la subsistance du peuple et surtout le maintien d'un taux de renouvellement suffisant pour ne pas se retrouver classées "Ethnie en voie d'extinction". En effet, le Letton, tout comme le pollen, le papillon bleu du jour ou le bourdon, à une durée de vie limitée, la plus courte de tous les peuples européens, Il faut donc le remplacer souvent.

> En chantant je suis née,
> En chantant j'ai vécu ma vie,
> En chantant mon âme est arrivée
> Dans le Jardin du Fils de Dieu.
> *Extrait des Daïnas traduit du letton par Nadine Vitols Dixon*

Culture : A l'orée de la forêt, dans le temple de la nature, résidant sous les chênes séculaires, il n'est pas rare de rencontrer des druidesses et druides protégeant et transmettant des savoirs vitaux de la Culture lettone dans des écoles spécialisées "Jānasskola". Ces savoirs font maintenant cruellement défaut aux civilisations occidentales. Pas de panique, dès que nous aurons pris conscience que nous sommes en perdition, les Lettones des forêts seront là pour nous sauver.

Beautés de la nature : Tous les Occidentaux qui ont eu le privilège de pénétrer ces envoûtantes forêts ont été fascinés par la beauté des Lettones en âge de procréer. On dit que ce sont les filles les plus belles d'Europe. Malheureusement, cette image sympathique est exploitée par un certain tourisme mafieux, bassement pervers, qui se développe à la capitale Rīga et que certains médias non moins pervers se plaisent à diffuser en caricaturant ce merveilleux petit pays. Mais les Lettones, les vraies, sont bien loin de tous ces marchandages anglophones ou russophones. Oublions cela et revenons vite à nos Lettones des forêts, celles qui chantent jour et nuit quelle que soit la saison, illuminées par "Saule" surtout lorsqu'il fait beau.

Parade nuptiale : Le Letton des forêts se laisse facilement aller à d'autres préoccupations palliatives si bien qu'il peut en oublier le tout petit rôle que lui a laissé sa femelle. Contrairement aux autres espèces, mis à part le ver luisant, c'est elle qui doit mener la parade nuptiale et pour cela elle est obligée de se mettre en valeur le moment venu.

Rites ancestraux : Tous ces rites ancestraux étant bien évidemment cyclés au rythme de la nature, Pavasari (le printemps) les aidant dans les préparatifs, couronnes de fleurs des prés, robes traditionnelles, mines réjouies. Les femmes occidentales pensent que ce comportement est superficiel et à la limite de la décence bien qu'elles disent ne pas être jalouses. Notre Culture occidentale est différente, théoriquement basée sur plus d'harmonie entre les deux sexes mais à la vérité un peu trop machiste. Chez nous, les descendants de Don Juan, il n'y a pas lieu d'user de tels stratagèmes.

Mais continuons notre exploration dans la nature lettone et essayons de comprendre ses rythmes. Le printemps s'annonce avec le retour des cigognes et commence alors à déferler sur la Lettonie une vague impressionnante de naissances et par déduction, d'anniversaires. Ce n'est pas par hasard mais bien adapté au rythme des cycles de "Mère Nature".

Les parades nuptiales des Lettones des forêts vont se déclencher en fonction de la photopériode. La plupart des êtres vivants à l'état naturel, présentent une synchronisation des naissances de telle sorte que la majorité d'entre elles s'effectuent à la saison la plus favorable à l'épanouissement de leur progéniture. Les Lettones des forêts n'échappent pas à cette règle. Dans les conditions naturelles, les naissances s'effectuent généralement au tout début du printemps, aux alentours de la fin du mois de mars.

Dainas (Daïnas) : Les Lettones sont porteuses d'un grand message intercontinental, "Les Dainas", transmis par une culture poétique et intemporelle venue de la nuit des Temps. Aucun envahisseur ne put les déchiffrer et ce n'est que dans les années 1918-1944, années bénies de l'éclosion de la République de Lettonie, que furent rassemblés et retranscrits ces millions de petits savoirs vitaux pour l'Humanité entière. Mais les comprenons-nous pour autant ?

Līgo : Remontons le temps de neuf mois. "Līgo" *(prononcer liigoa)* est le point d'orgue se situant dans la nuit du 23 au 24 juin, veille de Jānis (la St Jean), la nuit où il ne fait pas nuit en Lettonie. C'est le solstice d'été. A ce moment précis, autour du grand feu aura lieu la parade nuptiale agrémentée de fleurs, de chants, de poèmes et de danses. Elle durera toute la nuit et se terminera au petit matin lorsque la Lettone amoureuse entraînera son prétendant dans la forêt cueillir la fougère en fleur.

"Jeunes filles, jeunes gens
Ne dormez pas la nuit de la Saint Jean
La nuit de la Saint Jean vous verrez
Où fleurit la fougère."

"Jeunes gens, jeunes filles,
Ne dormez pas la nuit de la Saint Jean.
Qui a dormi la nuit de la Saint Jean
Aura laissé passer Laima" *(la déesse du destin)*
Extraits des "Daïnas" traduit du letton par Nadine Vitols Dixon

Le jour de Jānis : Le 24 juin, lendemain de Līgo, qui se nomme la Saint Jean en pays dits civilisés, est le jour le plus long de l'année et donc le plus important pour les Lettones des forêts. C'est le jour où toutes les énergies de la création sont au zénith ! Ce n'est pas seulement le meilleur moment pour l'amour car, malgré la nuit blanche, il faut aussi aller couper son foin et cueillir les plantes qui soigneront la famille pour toute l'année (c'est la meilleure sécurité sociale fiable qui soit !). Toutes les Lettones des forêts connaissent les vertus de chacun des éléments du puzzle qui constituent la vie possible sur terre. Quant aux Lettons mâles, mis à part les quelques druides ou poètes, ils s'intéressent peu à tout cela, leur vie étant si brève...

La Femme Lettone est l'Avenir de l'Homme ! Oui, nous avons beaucoup de choses à réapprendre pour sauver notre planète. Il serait perte de temps d'attendre naïvement des solutions de nos malheureux politiciens ou technocrates qui nous toisent du haut de leurs tours de verre bleuté, ils les ignorent complètement. Car il ne s'agit pas de sauver l'économie en péril (qu'ils sont bien incapables de sauver), mais pire, tout ce qu'elle a entraîné comme déséquilibres négatifs pour l'avenir de l'Homme et de son environnement naturel. Chez les Lettones des forêts se trouve la solution !

Extrait de la saga paysanne Occitano-Lettone
"AD VITAM ÆTERNAM" du même auteur

Le Bonheur est dans le pré !

Heureusement, les épées des Chevaliers Teutoniques inquisiteurs n'ont pas réussi à éradiquer tous les païens baltes. Il en reste suffisamment pour nous réapprendre à vivre. Nous devons inverser "le vase communicant campagne-ville" de feu les trente glorieuses. La Civilisation de la postmodernité est entrain de naître et s'oriente vers une sobriété heureuse en harmonie avec les éléments qui nous entourent. Ceux qui savent nous seront bien plus utiles que ceux qui cherchent à calquer sur un récent passé déjà obsolète ! Tout est à réinventer et sans tarder!*

Photo par J. Amblard : Le groupe folklorique de Cēsvaine en Lettonie dans le parc du manoir Grašupils.

**païen=pagan=paganiste= paysan*

Du même auteur :

- *"Contes, Comtes et Comptes Gascons, Plaidoyer pour la réintroduction de l'Homme dans la Nature", un recueil de petits textes de réflexion écrits tout au long de sa vie paysanne.*

- *"La Dame Blanche de Lettonie", un conte fantastique qui se déroule dans le contexte du sovkhoze de Graši durant la période soviétique. Il est proposé en quatre langues sur le même ouvrage : FR, LV, UK, RU.*

- *"Ad Vitam Æternam", une saga familiale paysanne occitano-lettone, un pied en Occitanie à Sabaillan dans le Gers et l'autre en Lettonie dans l'ambiance de la Réincarnation et surtout, comme annoncé en 1545 par la prophétie auscitaine de Nostradamus, "La Réincarnation de la Petite Paysannerie" au chevet de notre civilisation urbaine en péril. En plusieurs tomes.*

www.ingramcontent.com/pod-product-compliance
Lightning Source LLC
LaVergne TN
LVHW051740090726
842862LV00027B/629